AF349740

1887 Mars 23.

VENTE DU MERCREDI 23 MARS 1887

HOTEL DROUOT, SALLE N° 5

TABLEAUX & ÉTUDES

PAR FEU

M. SCHMITZ

EXPOSITION PUBLIQUE

Le Mardi 22 Mars 1887

DE 1 HEURE A 5 HEURES 1/2

COMMISSAIRE-PRISEUR

Mᵉ Léon TUAL

56, rue de la Victoire, 56.

EXPERT

M. B. LASQUIN

12, rue Laffitte, 12.

CATALOGUE

DE

TABLEAUX & ÉTUDES

Par feu M. SCHMITZ

Membre honoraire de l'Académie des Beaux-Arts de Saint-Ferdinand
de Madrid
Commandeur de l'Ordre d'Isabelle la Catholique

ÉTUDE PAR GÉRICAULT

Gravures, Lithographies, Curiosités

DONT LA VENTE AURA LIEU

Par suite de décès

HOTEL DROUOT, SALLE Nº 5

Le Mercredi 23 Mars 1887

A DEUX HEURES

Mᵉ LÉON TUAL	**M. B. LASQUIN**
COMMISSAIRE-PRISEUR	EXPERT
56, rue de la Victoire, 56	12, rue Laffitte, 12

Chez lesquels se trouve le présent Catalogue.

EXPOSITION PUBLIQUE

LE MARDI 22 MARS 1887

DE 1 HEURE A 5 HEURES

CONDITIONS DE LA VENTE

Elle sera faite au comptant.

Les adjudicataires payeront *cinq pour cent* en sus des enchères.

L'exposition mettant le public à même de se rendre compte de l'état des objets, aucune réclamation ne sera admise une fois l'adjudication prononcée.

Paris. — Imp. de l'Art. E. MÉNARD et J. AUGRY
41, rue de la Victoire, 41

PRÉFACE

Un peintre, bien connu des artistes et des vrais amateurs, vient de s'éteindre dans sa quatre-vingt-dix-huitième année. Il serait superflu de vanter son mérite en présence des études et des toiles qui ornent son atelier et qui vont se disperser au feu des enchères après son décès. M. Schmitz fut un des élèves de David les plus consciencieux ; dessinateur aussi habile que correct, il se montra peintre laborieux et distingué. Il avait pour son art un amour passionné et il le cultivait en artiste : dans son interprétation de la nature, il fit preuve d'une sincérité remarquable et il représenta les animaux avec une perfection que bien peu ont su atteindre.

Sous la Restauration et sous le règne de Louis-Philippe, il exécuta, à Paris, de nombreux tableaux pour la cour et pour la noblesse qui appréciaient à un haut degré son talent, et, dans les salons de Froshdorf, on peut admirer quatre toiles importantes commandées à notre peintre par Mgr le duc d'Angoulème et achetées depuis par Mgr le comte de Chambord.

A l'âge de quatre-vingt-treize ans il travaillait encore, il composait et peignait un grand tableau d'histoire qui figure avec honneur à l'Académie des Beaux-Arts de Saint-Ferdinand, à Madrid, et qui lui valut d'être nommé membre honoraire de cette Académie et commandeur de l'ordre d'Isabelle la Catholique. Géricault, son ami, lui fit don d'un tableau très intéressant que nous retrouvons aujourd'hui dans sa vente et qui sera très remarqué par les connaisseurs.

Tous ceux qui ont approché M. Schmitz estimaient son caractère et son talent, et sa modestie ne saurait le frustrer de la part de gloire qu'il mérite si bien. Ses élèves et ses amis tiendront à honneur d'acquérir un souvenir de l'ami qu'ils regrettent et se disputeront l'œuvre de l'artiste délicat que nous avons perdu.

Eugène Lami.

DÉSIGNATION DES OBJETS

ŒUVRES DE DIVERS ARTISTES

1 — **Géricault.** Course en char. Vigoureuse étude.

2 — **Granet.** Procession dans un couvent. Dessin à l'encre de Chine.

3 — **Delaroche (Paul).** Deux paysages.

4 — **Delaroche (Paul).** Charles VI. Dessin.

5 — **Brauwer** (Attribué à). Buveur.

6 — **Vergès.** Le Déjeuner.

ŒUVRES DE M. SCHMITZ

Souvenirs des chasses de S. M. le roi Charles X
et de Mgr le Dauphin, duc d'Angoulême

7 — Portrait de S. A. R. le duc d'Angoulême.

8 — Portrait du même personnage.

9 — Portrait du même, à cheval.

10 — Portrait du même.

11 — Portrait de M. Saint-Agnan.

12 — Portrait du même.

13 — Portrait de M. le comte Hoegerthy.

14 — Portrait de M. le vicomte Hoegerthy.

15 — Portrait de M. de Vinfray.

16 — Officier casqué.

17 — Portrait de M. d'Ebouville.

18 — Portrait de M. Dutilliet, dit Mousquetaire.

19 — Portrait du comte de Polignac.

20 — Portrait du duc de Mouchy.

21 — Portrait du comte d'André.

22 — Quatre portraits de gentilshommes de la cour.

23 — La Brisée, valet de chiens.

24 — Sonneur.

25 — Piqueur à cheval.

26 — Piqueur à cheval de Madame la Dauphine.

27 — Piqueur de Madame la Dauphine.

28 — Piqueur de vénerie.

29 — Valet de chiens.

30 — Valet de chiens et son cheval.

31 — Portrait de Charlemagne, piqueur de la
vénerie.

32 — Quatre têtes de veneurs.

33 — Inconnu.

34 — Chasse à courre.

35 — Chasse au renard.

36 — Chien de chasse.

37 — Scène de chasse.

38 — Grand coupé de Madame la Dauphine.

39 — Quatre études de chevaux d'attelage de
Madame la Dauphine.

40 — Deux portraits du cheval du roi Charles X.

41 — Calèche de Madame la Dauphine.

42 — Cheval du duc d'Angoulême.

43 — Quatre grandes études relatives à la vénerie, avec vues des châteaux de Saint-Vrain et Pierrefonds.

44 — Cheval de selle (trois études).

45 — Cheval de selle tenu par un groom.

46 — Jument et poulain (deux études).

47 — Chevreuil poursuivi par un chien.

48 — Cerf et biche.

49 — Biche et son faon.

50 — Chiens au repos.

51 — Quatre tableaux de chevaux en liberté.

52 — Chevaux en liberté.

SUJETS DIVERS

53 — Daphné changée en laurier.

54 — Hellène assis dans un paysage.

55 — Deux paysannes normandes.

56 — Deux vues de Trianon.

57 — Chasseurs passant un gué.

58 — Calèche attelée à la Daumont.

59 — Deux vues d'Augerville-la-Rivière, ancien château de M. Berryer.

60 — Château de Launay, en Normandie, appartenant à Mme la comtesse d'Orglandes.

61 — Paysage de la forêt de Fontainebleau.

62 — Exposition des fleurs à Paris, en 1855.

63 — *La Nell*, cheval de course.

64 — Vaches à l'étable.

65 — Chèvres au pâturage.

66 — Cheval dans un haras.

67 — Cheval présenté.

68 — Chiens en arrêt.

69 — Chevaux menés par un groom.

70 — Deux études de lions.

71 — Daumont et paysage.

72 — Triomphe d'Achille sous les murs de Troie (peint à l'âge de quatre-vingt-treize ans).

73 — Soixante-dix-huit études diverses.

74 — Tête de cheval blanc pour le tableau représentant Ferdinand VII, peint en 1819 et aujourd'hui au palais du Pardo à Madrid.

75 — Deux études du cheval de Don Carlos, frère du roi Ferdinand VII.

COPIES D'APRÈS LES MAITRES

76 — Copie du Passage du Rhin, par Van der Meulen.

77 — Fragment de la Bataille de Fontenoy, par H. Vernet.

78 — Trois copies de Murillo.

79 — Charles Ier, d'après Van Dyck.

80 — Le marquis de Moncada, d'après Van Dyck.

81 — Marché d'Amsterdam, d'après Metzu.

82 — L'Enfant prodigue, d'après Téniers.

83 — Le Stathouder, d'après A. Cuyp.

84 — Passage du gué, d'après Berchem.

85 — Élisabeth de France, fille de Henri IV, d'après Rubens.

86 — Vaches au pâturage, d'après P. Potter.

87 — Tête de Raphael. (Pastel.)

88 — Cascatelles de Tivoli.

89 — Quatre marines, d'après J. Vernet.

90 — Enfant, d'après Robert-Fleury.

91 — Fragment de la Smala, d'après H. Vernet.

92 — La Joconde, d'après L. de Vinci.

93 — Vierge au voile, d'après Raphael.

94 — Copie, d'après Metzu.

95 — Copie, d'après Van der Meulen.

96 — Marine, d'après Backhuysen.

97 — Saint Bruno, d'après Lesueur.

98 — Paysage, d'après Berchem.

99 — Les Enfants d'Édouard, d'après Paul Delaroche.

100 — Neuf études, paysages, d'après divers maîtres.

DESSINS ET AQUARELLES

101 — Deux fixés : Promenade au bois de Boulogne. Sujet de chasse.

102 — Tête de Vierge, de Raphael.

103 — Tête de Christ en croix.

104 — Dessin, d'après le Poussin.

GRAVURES — LITHOGRAPHIES

105 — Angélique et Médor, par Raphael Morghen, d'après Matteini.

106 — Souvenir des Highlands, voyage à la suite de Henri V, en 1832, par D. Hardiviller. Texte et lithographies.

107 — Cinquante-six lithographies, voyages en Espagne, Savoie et Dauphiné, par Bacler d'Albe.

108 — Lot de lithographies.

109 — Huit volumes : *la Illustracion espanola*.

110 — Trois cartons de gravures anciennes, lithographies, modèles de dessin.

CURIOSITÉS

111 — Petite pendule Louis XIV, de Robin, en marqueterie de cuivre et d'écaille rouge.

112 — Deux cornets en vieux Chine émaillé en couleurs, avec monture en bronze.

113 — Deux flambeaux Louis XIV, en cuivre gravé et doré.

114 — Bergère et chaise Louis XV.

115 — Table à jouer.

116 — Table-pupitre en acajou.

117 — Deux coupes en bronze doré.

118 — Bureau à vitrine Louis XVI.

119 — Canapé.

120 — Boîte à couleurs, en acajou, formant petit meuble.

121 — Deux petits chevalets à crémaillère.

www.ingramcontent.com/pod-product-compliance
Lightning Source LLC
LaVergne TN
LVHW010902180726
843502LV00010B/3954